Konstantin Wecker

Man muß den Flüssen trauen

Für meine Eltern

Konstantin Wecker

Man muß den Flüssen trauen

Unordentliche Elegien

Ehrenwirth

CIP-Kurztitelaufnahme der Deutschen Bibliothek

Wecker, Konstantin:
Man muß den Flüssen trauen : unordentl. Elegien / Konstantin Wecker.
2. Aufl. – München : Ehrenwirth, 1980.
ISBN 3-431-02252-9

ISBN 3-431-02252-9

Satz und Druck: Tutte Druckerei GmbH, Salzweg-Passau
Printed in Germany 1980a

Man muß den Flüssen trauen

Der Baum singt

Ich bin ein Baum.
Ich bin auf einem Hügel geboren.
Mich schützen keine Wälder.
Ich steh allein.

Männer mit Beilen bestimmen die Gegend.
Doch wir Bäume sind nie verloren.
Unter der Erde
unsere Wurzeln berühren sich leis.

Ich bin ein Baum.
Wende mich lieber zur Sonne hin.
Liebende lehnen sich an mich an,
wenn sie hilflos sind.

Ich wechsle die Farbe, den Namen, die Form,
aber nie den Sinn.
Und habe eine kräftige Stimme gegen den Wind.

Man muß den Flüssen trauen

I
In manchen Sommern, sehr von Reinheit überflutet,
vielleicht noch eine Nachricht: Ihr gehts gut,
und sie hat Sehnsucht, und sie hat geblutet,
und du ertrinkst in dieser weichen Flut

von Glücken. Luft und Sinne stimmen.
Jedoch so ganz von unten her
beginnt das alles etwas zu gerinnen
und wird auf einmal schwer und ungefähr.

Du raffst dich auf. Noch klebt das an den Beinen.
Noch tanzen dir Sirenen um die Stirn.
Doch plötzlich packt es dich: Du mußt verneinen.
Und dich, bevor du aufgibst, neu verwirrn.

II
Man muß den Flüssen trauen. Sie verschwenden
sich jeden Zentimeter neu. Und weder Zeit
noch Dummheit kann das Fließen je beenden.
Und auch die Wolken sind zu neuem Flug bereit

und sterben nie. Ich will nach oben,
wo mich das Unfaßbare härter streift.
Es ist ganz klug, die Götter erst zu loben,
bevor man sie sich endlich greift.

Liebes Leben

Liebes Leben, fang mich ein,
halt mich an die Erde.
Kann doch, was ich bin, nur sein,
wenn ich es auch werde.

Gib mir Tränen, gib mir Mut,
und von allem mehr.
Mach mich böse oder gut,
nur nie ungefähr.

Liebes Leben, abgemacht?
Darfst mir nicht verfliegen.
Hab noch soviel Mitternacht
sprachlos vor mir liegen.

Und dann

Wo ich im Wort nicht weiter kann:
gedrängte Stunden. Nächtelang
nur Innenwelt. Und dann?

Oft, unter einem Baum zu sitzen
ist mehr Bestimmung als der Drang,
sich Formen aus der Brust zu schnitzen.

Da werden Skizzen manchmal Bilder,
die übersetzen in die Zeit
und stimmen milder.

Uraltes fällt mir wieder ein
und, aufgehoben in der Ewigkeit,
lass ich mich sein.

Über die Dichter

Ich halt mich lieber weiter an die Dichter,
weiß von ihrem Vertrag mit den Göttern,
und stell mich ungeduldig
hinten an.

Sie sind nun mal ganz gut angesehen da oben,
haben Kredit,
führen andere Gespräche,
stürzen tiefer.

Manchmal glaub ich,
die spazieren da draußen in Wäldern rum und werfen
sich die Worte zu.

Immer wieder leg ich dann meinen
Verstand in den Schoß,
es wird sehr still in mir
und atemlos.

Irgendwann
werden sie mir schon auch ein paar
rüberschicken.

Worte

Manche Worte, jahrelang
vage Hieroglyphen,
tragen einem plötzlich an,
sich zu überprüfen.

Werden sichtbar in Gedichten,
die sonst nie berührten,
oder springen aus Geschichten
einer Illustrierten.

Viele wollen diesen Fund
nicht mal registrieren.
Schimpfen plötzlich ihren Hund,
kriegens an den Nieren.

Doch das legt sich. Mit der Zeit
wird man gerne tauber,
dient der Unzulänglichkeit
und bleibt fortan sauber.

Und die Worte streichen aus,
was in ihnen ruhte.
Steigen, über uns hinaus,
heim ins Absolute.

Manchen gelingt es

Manchen gelingt es,
sich so zu entfalten,
daß sie sich immer
die Unschuld erhalten.

Die warten im Schatten,
um besser zu sehen,
können ohne Applaus
der Angst widerstehen.

Die schreiben nie Lieder.
Die sind Melodie.
So aufrecht zu gehen
lerne ich nie.

Brich auf,Geliebte

Brich auf, Geliebte,
nimm mich mit.
Heut nacht

hat sich auf einmal
unsre Liebe
aufgemacht.

Die Schiffe vollgetankt.
Kein Hafen lockt
mit Seelenruh.

Brich auf,
und schließe, Sturm,
uns nie die Augen zu.

Brich auf, Geliebte.
Endlich öffnet sich –

Nimm weiter dich
und liebe mich.

Beim Aufwachen zu sprechen

Jetzt wärs soweit. Jetzt die Haare fönen
und dann irgendwas verkaufen. Oder Plakate
an Mauern kleben. Irgendwo freundlich
»Guten Morgen« sagen. Jemandem zulächeln.
An Dienstagabend denken. Wo sie lieber
mit dem Taxi nach Hause fuhr. Wo sie weinte.
Wo sie sehr schön war.

Doch, jetzt wärs soweit. Jetzt ging das Leben weiter.
Jetzt müßte man einen Eimer Wasser aus dem Brun-
nen
ziehen und mit dem Pfarrer plaudern. Ein sonniges
Plätzchen suchen vorm Haus. An Montagabend den-
ken.
Wo sie sehr ausgelassen war.

Und es ist gar nicht eintönig, daß der Winter immer
wieder
über die Stadt herfällt. Man kann sich einen roten
Skianzug
schenken lassen. Den Hunden die Pfoten reinigen.
Man kann geduldig auf den Sommer warten.
Einen Amateurfunker heiraten.

Jedenfalls wärs jetzt soweit. Manche schreiben
ein Buch über den Freitod und nehmen sich dann
wirklich das Leben. Manche sperren sich dreißig
Tage in einen Schlangenkäfig. Einige mieten eine

Zweitwohnung, um mal richtig ausschlafen zu können.
Andere vergessen immer wieder den Campingkocher.
Tränen und Streit am Gardasee.

Nur, soweit darfs einfach nie kommen. Ich will jetzt lieber erst mal Erich Fromm besuchen. Sogar in der Schweiz.
Oder das Oktoberfest vorverlegen, weil
nun mal dummerweise grad Mai ist.
Nur keine Kriegsberichte im Moment.
Keine Statements.
Zuhören und fliegen.

Wenns ein starker Tag wird:
Kraft saugen.
Es gibt noch so viele Lieder zu singen
jenseits der Sprache.
Ich werde zum See runtergehen
und den Sommer herbeidichten.
Es wird sich was ereignen mit mir.

Warum sie geht

Und das Häuschen steht ganz malerisch am Waldrand,
und den Garten schmückt ein Blumenbeet,
da ist ein Hund und eine Schaukel,
da blüht der Flieder (wenn es Mai ist),
und er versteht es einfach nicht,
warum sie geht.

Er hat doch immerhin die ganze Zeit geschuftet,
und ihretwegen hält er jetzt sogar Diät,
und plötzlich packt sie ihre Koffer,
unten wartet wer im Auto,
und er versteht es einfach nicht,
warum sie geht.

Na gut, er hat schon mal den Hochzeitstag vergessen
und ihr auch ab und zu mal eine eingeschenkt,
doch immerhin: Sie hat von seinem Tisch gegessen!
Und irgendwie hat sich das immer wieder eingerenkt.

Doch im Auto sind die Koffer schon gestapelt,
und auf einmal wird das alles so konkret.
Auch der Flieder denkt ans Blühen,
und wie flüchtig so ein Mai ist,
nur dem Hund ists scheißegal,
warum sie geht.

Und sie lächelt so ein unbekanntes Lächeln,
eins, das endlich mal für sich alleine steht,
das ihn lähmt und das ihm weh tut,
das ihn abhält, sie zu halten –
und er versteht auch jetzt noch nicht,
worums ihr geht.

Und das Häuschen steht ganz malerisch am Waldrand,
und den Garten schmückt ein Blumenbeet,
da ist ein Hund und eine Schaukel,
da blüht der Flieder (wenn es Mai ist),
und der versteht es ganz genau,
warum sie geht.

Der Tod eines Familienvaters

Sie haben mit ihrem dicken Vati
eine schöne Reise gemacht,
weil ihr Vati bald sterben wird.

Alle sehen sehr traurig drein,
und alle sind sehr lieb
zu ihrem dicken Vati.

Er weiß selbst, daß er bald
den Löffel abgeben wird,
und ist am wenigsten traurig.

Meistens sitzt er stundenlang
auf der Terrasse und denkt gar nichts.
Er hat ein angenehmes Gefühl dabei.

Dann beschließt er, nun wirklich
nicht mehr abnehmen zu müssen, und bestellt
sich ein Eis nach dem anderen.

Das Gerausche des Meers langweilt ihn tödlich,
und er würde jetzt viel lieber
noch ein paarmal in den Puff gehen.

Seine Frau würde das nicht verstehen,
obwohl sie ihm alle die letzten Tage
so schön wie möglich machen wollen.

Die Kinder küssen ihn andauernd
und rufen: Schau, Papi, schau, der Sonnenuntergang!
Und: Ist das nicht schön, Papi?

Und der dicke Papi sagt
Ah und Oh und freut sich,
daß das jetzt alles bald ein Ende hat.

Wenn seine Frau so weiterflennt, wird sie noch aus-
laufen,
sagt er sich, und kann sichs dabei
nicht verbeißen zu grinsen.

Sie hat genauso geheult, wie sie erfahren hat,
daß er gelegentlich seiner Sekretärin
zwischen die Beine greift.

Er läßt sich natürlich jeden Abend mit Bier vollaufen,
und die Kinder flehen, er möge doch
an seine Gesundheit denken.

Dann schlucken sie vor Rührung, und Tinchen läuft
raus,
um ihren Schmerz zu zeigen.
Er ist der einzige schmerzfreie Mensch in der Runde.

Um ein Uhr fällt er um, und sie
schleppen ihn ins Bett.
Seine Leber ist völlig zerfressen.

Zwei Stunden später holt er seinen Flachmann
hinter der Couch vor
und legt die Zunge zur Seite.

Er fühlt sich wohl und hat das Gefühl,
als müsse er jetzt bald die Koffer packen.
Fast hat er Reisefieber.

Seine Leber wird er hierlassen
und seinen dicken Bauch
auch.

Wie schön das doch sein kann,
denkt er sich
und schläft davon.

An den Freund

Kann ich vereinzelt eine neue Regung,
ein Ungewohntes deines Wollens nicht verstehen,
dann bleibt mit nur, diese Bewegung
in mir zu suchen und mit dir zu gehen.

Denn was ich von dir weiß, ist niemals mehr,
als ich von meinem Wesen will und kenne,
und alles, was ich an dir ungefähr
oder gar falsch und unbewiesen nenne,

ist nur ein Dunkelsein in mir. Ich spüre,
wie sich dein Bild mit mir beständig formt,
nur in dem Maß, wie ich mich jeweils sehe.

Ob ich dich finde, ob ich dich verliere –
du bleibst mir nur nach dieser Form genormt:
die ich bestimme und mit der ich überstehe.

Und doch läßt etwas Kirschen blühen im April

I

Da hilft kein gelber Schal, kein Clubprogramm,
um sich den Federbetten zu entziehen.
Erst schaffst du dir mal eine Wahrheit an,
und dann beginnst du lebenslang zu fliehen.

Investmentfonds und Palmenbuchten,
Parteibuch, Irokesenschnitt –
du ebnest dir mit Formeln Schluchten
und teilst dich wiederkäuend mit.

Nur frisch geblökt! Aus welken Eutern
zapfst du dir Illusionen ab.
In Mülheim sind zwar zwei am Meutern,
und manchen wird der Atem knapp,

doch erst mal selber ohne Falten.
Dann vielleicht Vorstand bei der Caritas.
Die Weltgeschichte hockt im Kalten,
und du verschickst das Pulverfaß

mit bunten Schleifchen an die Söhne.
Meistens ein Kärtchen innenbei:
Bewahrt das Gute und das Schöne.
Wünsch mir zwei Enkel. Oder drei.

II

Und doch läßt etwas Kirschen blühen im April
und läßt dich wieder fallen, wenn du schwebst.
Muß wachsen, werden, hält nicht still
und will dir einfach sagen, daß du lebst.

Die Weisen ziehn den Hut und danken.
Manche Poeten greifen zum Arsen.
Nur ein paar Starke sieht man schwanken
und nackt und glücklich weitergehn.

Statistisch erwiesen

Statistisch erwiesen: Wer säuft, lebt kürzer,
und Rauchen zerklüftet latent.
Auch wer gerne frißt und gewichtig wird,
verreckt zu vierzig Prozent.

Wer fremd geht, holt sich die Syphilis,
Zirrhose den Zügellosen,
und, je nach Mode, ist Hodenkrebs
die Strafe für zu enge Hosen.

Wenn die Alte zu geil wird, beweist man ihr besser,
daß Samen karzinogen ist,
und wer lacht, ist verdächtig, weil lachendenfalls
der Bakterienschub zu extrem ist.

Das Reden wird irgendwann viel zu gefährlich,
verbreitet im Gaumen Geschwüre,
und doch, obwohl du dich gründlich geschützt,
steht der Tod plötzlich vor deiner Türe.

Du wimmerst: Verzeihung, das kann gar nicht sein,
rein statistisch darf ich noch leben!
Und dann werden sie dir an den großen Zeh
das größere »Pech gehabt« kleben.

Ihr Lieben, das bringt euch doch jetzt schon um!
Die Methode ist hinterlistig.
Ja, glaubt ihr denn wirklich, der Tod ist so dumm
und hält sich an die Statistik?

Die geduldig Wartenden

waren mir noch nie ganz geheuer.
Alle, die nicht irgendwann
aufspringen und brüllen:
Und ich? Wann komm jetzt endlich ich dran? –
All die milde Lächelnden,
unendlich Genügsamen
sind mir verdächtig.

Komm mit den hauptamtlich Guten
nicht so zurecht,
und Missionare
sind zuerst mal nur penetrant.

Will denen allen nichts Schlechtes nachsagen,
zumal ich sicher auch selbst oft
in Bedrängnis geriete
ohne die Sozialarbeitergesinnung
mancher Mitbürger,

richtig wohl allerdings
fühl ich mich erst bei den bösen Buben,
die im Sommer die Schule schwänzen,
nur nie sich selbst,
mit Steinschleudern auf die Wirklichkeit zielen
und nicht daran denken,

bei schönem Wetter
mit Sammelbüchsen durch die Stadt zu rennen.

Das möchte ich nur mal so
vor mich hin gesagt haben.

Lied

Und keinem ist der Arm so lang,
auch nicht der Obrigkeit,
daß mir ein ehrlicher Gesang
im Halse steckenbleibt.

Wolln mich ein paar auch stumm, zur Stund,
und mir die Luft verpesten –
ich furz mir meine eigne, und
die ist bestimmt vom Besten.

Und draußen steigt die Sonne hoch,
und drinnen steigt der Mut.
Jetzt auf die Straße! Lacht sie aus,
die Bürokratenbrut:

Das macht mir Mut.
So muß es sein.
Und wenn dir was weh tut,
dann mußt du schrein.

So mancher Brave käm in Not,
würd man nicht schweigend sterben,
sondern, entgegen dem Gebot,
verrückt und lüstern werden.

Das knappert an den Wertpapieren,
das könnt verwundbar machen.
Ach, Freunde, statt zu lamentieren,
sollten wir wieder lachen!

Und draußen steigt die Sonne hoch,
und drinnen steigt der Mut.
Jetzt auf die Straße! Lacht sie aus,
die Bürokratenbrut:

Das macht mir Mut.
So muß es sein.
Und wenn dir was weh tut,
dann mußt du schrein.

Keine Zeit zum Denken

Keine Zeit zum Denken, sagt er,
fährt jeden Sommer nach Alassio
und geht in Dinkelsbühl in die Sauna.

Alles sauber.
Masseure mit Reifezeugnis und
Unbedenklichkeitsbescheinigung.

Telefonieren,
Zinssätze ausrechnen,
absolut keine Zeit zum Denken.

Und während ich ihn mir so ansehe,
schiebt sich die Milchstraße
zwischen uns.

Dem fehlt der Stachel, sag ich mir,
dem fährt kein Wind ins Gesicht.
Wo will der noch seine Hand hinstrecken?

Der putzt sich die Zähne
wahrscheinlich mit
destilliertem Wasser,

der schlägt seine Frau
nur freitags
zwischen acht und neun.

Was der wohl träumt?
Wie der wohl sterben wird?
Bäumt er sich dann noch mal auf?

Der onaniert
bestimmt nur
mit den Fingerspitzen.

Keine Zeit zum Denken,
sagt er,
und andere

schleichen sich nach Büroschluß
in die Küche,
um die Kinder nicht zu wecken,

rücken sich still
die Lampe
zurecht

und suchen in Büchern,
Gesprächen oder Gebeten
ein bißchen was von sich mitzukriegen.

Freiheit

Etwa auf Hügeln: Toscanablick,
da springt Sie die Freiheit an.
(In Taufkirchen wirklich nicht möglich.)

Chevrolet Blazer. Rücksitzfick.
Ein Berggasthof irgendwann.
(Auch alte Mühlen sind löblich.)

Oder: Schuld sind die Preise.
Gedüngt wird mit eigener Scheiße.
(Im Bayrischen Wald, kollektiv.)

Sie rennen davon und verschwinden,
und die Freiheit kann Sie nicht finden.
(Die ist nicht alternativ.)

Wer soll mich schon halten

Hab mich wieder mal aufgefangen,
ohne Sprungtuch und Wort zum Sonntag.
Wer soll mich schon halten,
wenn nicht ich?

Dich fangen schöne, starke Arme,
sag ich mir oft.
Laß sie dir nicht zerbrechen,
Wecker!

Liebesflug

Ich will nicht bis zum Frühjahr warten,
will jetzt schon meine Reise machen
und hätt dich gern dabei.

Das sind die wirklich großen Fahrten,
die einfach ohne aufzuwachen
den Herbst verbinden mit dem Mai.

Nur raus, nur fort, nur kein Verschieben!
Der Winter wird jetzt aufgerieben!
Was für ein Flug.

Von allen meinen großen Lieben
ist mir nur eine treu geblieben:
der Selbstbetrug.

Die Fenster offen. Um zu fliegen,
brauchts einen schönen Rausch
und Hexerei.

Wer, bitte, soll mich jetzt noch kriegen?
Ich reit auf einem Wattebausch
die Zeit entzwei.

Schon wirft die Erde erste Falten.
Da steigt ein Abgrund hoch zum All.
Bin ich jetzt frei?

Doch, doch! Das Tempo will ich halten.
Hab auch noch beide Lungen prall.
Bist du dabei?

Jetzt seh ich Deutschland untergehen.
Werd einfach meinen Rücken drehen.
Blick oben hin.

Ob Dichter bei den Engeln stehen?
Und kann ich von da oben sehen,
ob ich noch bin?

Ach, Liebe, mach dich nicht so schwer.
Sei leicht, sei leis, faß stiller an,
wo alles ruht.

Wo hast du nur die Kräfte her?
Wenn Liebe Sterne wecken kann –
verschon mich, Glut.

Und Liebe sitzt mir auf dem Rücken,
und Liebe sitzt mir im Genick,
ich trage schwer.

So kann das Fliegen niemals glücken.
Du lieber Mund, du lieber Blick,
du drückst mich sehr.

Verdammt. Noch nicht mal Herbst. Ich falle!
Das wird ein Warten auf den Mai!
Habs fast gewußt.

Denn diese liebevolle Kralle
reißt mittendurch den Leib entzwei
und Stirn und Brust.

Und ging davon

Und ging davon. Und ohne große Sprüche.
Und nimmt noch Hemd und Hose aus dem Schrank,
um rein zu sterben. Zettel in die Küche:
Ich glaub, es reicht. Machts gut und vielen Dank.

So viele Jahre Menschsein können nerven.
Man kann das einfach regeln oder larmoyant.
Er hörte auf, ein Weltbild zu entwerfen,
verzichtete aufs Schluchzen und verschwand.

Und in den Wohnblockzellen stricken sie Pullover
und richten sich schon jetzt auf Winter ein.
Die Hungrigen beschweren sich beim Ober.
Die meisten graben sich in ihren Ängsten ein.

Die Starken kämpfen noch um ein paar Rechte.
Die Hoffnungsvollen spenden Trost und Brot –
und er besinnt sich auf das einzig Echte:
Geht in die Knie, empfiehlt sich und ist tot.

Lieber Gott

Lieber Gott

vor ein paar Stunden
hab ich dich einfach so angeredet.
Ich war pinkeln,
stockbesoffen und, den Kopf an die Kacheln
des Pissoirs gelehnt,
kaum mehr in der Lage,
meine Männlichkeit in den Griff zu kriegen,
und da überkam mich plötzlich das Gefühl
der Ewigkeit.
Du wirst dich in diesen Fällen
nicht so auskennen,
aber du mußt mir das einfach glauben,
diese Stellung hilft einem eben,
etwas von der Ewigkeit kennenzulernen.
Plötzlich hat man sein Gleichgewicht gefunden,
Hände am Hosenlatz,
ein Bein leicht angewinkelt
und man ist so froh, nicht mehr umzufallen,
daß man das nie mehr aufgeben will.

Jedenfalls kam mir da plötzlich dieses
»Lieber Gott«
über die Lippen,
und ich wunderte mich,
daß ich dich auf einmal
so liebevoll angeredet habe.

Wir beide sind uns im Lauf der Jahre
über manches klarer geworden.
Du willst mir nichts mehr vorschreiben,
und ich will dir nichts mehr vormachen.
»Liebe Gott und tue, was du willst«,
diesen Augustinus hat man mir früher immer
verschwiegen.
Dafür haben sie uns ab und zu
kleine Hauchbilder in die Hand gedrückt
mit schönen Engelmännern drauf,
die gebrechliche Damen
über Brücken geleiten.
Aber wenn ich mir das mal ohne Haß
durch den Kopf gehen lasse –
so dumm kannst du gar nicht sein,
wie dich die Jahrhunderte dargestellt haben.
Von deinem Standort aus
überblickst du alles ja soviel besser,
wie sich Gesetze ändern,
wie unmenschlich menschliche Ordnungen sind,
wie sprunghaft die Schuld ist,
lieber Gott,
du kannst ja gar kein Rächer sein
und schon gar kein Moralist.
Eigentlich hast du zuerst mal
immer verdammt viel mit mir zu tun.

Und du kannst warten.
Ewigkeiten fließen durch dich hindurch,
und du wartest einfach.
Schreibst keine Romane,
hörst dir nicht mal Gustav Mahler an,
drückst dich in der Straßenbahn nie an kleine Mädchen,
was, Gott,
wenn ich nicht wäre?
Hab ich recht,
stirbt was an dir,
wenn ich aufgebe?
Du nimmst mich doch böse und gut,
grausam und mildtätig,
Hauptsache,
ich bleib am Ball.

Ich würde gern mal mit dir
einen Nachmittag lang durchs Universum fliegen,
aber laß mich wieder zurück.
Ich hab noch soviel zu erledigen hier unten,
bin wohl noch nicht ganz fertig.
Will im August in die Toscana,
hab noch eine Menge Musik zu machen,
muß ein paar Leuten auf die Zehen treten,
meine Leber hält auch noch einiges aus,
und lieben will ich,
lieber Gott,

lieben, bis mir das Fleisch von der Seele fällt.
Haben das deine Engel mal so gemacht?

Wahrscheinlich muß mich erst wieder
die Ewigkeit streifen
in irgendeinem Pissoir,
bis wir wieder mal
miteinander plaudern.
Aber wir haben ja Zeit.
Werde bis dahin versuchen,
schön chaotisch zu bleiben,
Gesetze zu brechen
und der Macht aus dem Weg zu gehen,
das ist mir Moral genug.
Und nur unter diesem Gesichtspunkt
sollten wirs weiter miteinander
versuchen.
Will mich nicht messen mit dir.
Will auch nicht in die Knie sinken.

Drück mir die Daumen,
und schäm dich nicht, vorbeizuschauen,
wenn ich traurig bin.
Das hab ich nämlich schon lange rausgekriegt:
Ihr Götter könnt nicht weinen
und müßt durch unsere Tränen stark werden.

Laß mich nicht fallen,
lieber Gott.

Vier Sonette an einen herrenlosen Hund

I

Auch dich quält manches. Auf der Hut
vor Steinen, Kälte, Kinderscherz,
bist du, wie ich so voll von Blut,
nicht frei von Leiden. Nur, dein Schmerz

ist momentan. Die Schüssel Fraß,
die ich dir vor die Türe legte,
entschädigte im Übermaß
und ließ vergessen. Mich bewegte

dein festes Stehn im Augenblick.
So ruhend kann ich niemals sein.
Bist du die beßre Kreatur?

Du wartest nicht auf Sinn und Glück,
hebst, wenn es dringlich ist, ein Bein
und bist dir selbst genug Kultur.

II

Wer sonst, wenn nicht die Herrenlosen,
Verachteten, Getretenen,
soll fähig sein zu neuen Losen,
zum Weiter. Nur die Ungebetenen

können die nötige Verwirrung schaffen.
Du beißt (auch scheinbar ohne Grund),
verschwendest dich (anstatt zu gaffen)
und bist ganz einfach da und Hund.

Ein Schnuppern, ein Zur-Seite-Weichen,
ein Springen, nirgendshin gerichtet,
genügt schon. Kann dich weitertreiben.

Du sprichst mit Winden und mit Teichen,
und nichts hat Klang, was mehr verpflichtet,
als immer Kreatur zu bleiben.

III

Oft, wenn du voller Wichtigkeit
nach interessanten Spuren gehst
und fiebernd, und wie aus der Zeit,
dann plötzlich deine Schnauze drehst,

weil irgendein Genosse bellt,
und du, zu jedem Spaß bereit
(es wird sich rausstellen, obs gefällt),
so offen bist, so Sinnlichkeit,

dann würd ich gern für ein paar Stunden
mit in dein Hundeleben ziehen
und auch aus deinen Wurzeln trinken,

um mich ein wenig aufzurunden,
nicht um aus meiner Welt zu fliehen,
sondern um einmal restlos zu versinken.

IV

Wenn ich dich manchmal wiederseh,
zufällig, beim Spazierengehen,
begrüßt du mich. Fast tut es weh,
dich nicht als *meinen* Hund zu sehen.

Auch du hast sicher drangedacht,
mit einem Herrn nachhaus zu gehen,
treu aufzupassen in der Nacht
und folgsam deinen Hund zu stehen,

doch laß uns lieber dann und wann
beschnuppern und zusammen spielen,
nach Ungewissem Ausschau halten,

und jeder darf, so wie er kann,
und nur nach seinen eignen Zielen,
stehenbleiben oder sich gestalten.

Fragwürdiges

Sechs unordentliche Elegien

I

Fragwürdig wird das immer bleiben:
Heldenepen,
poetische Ballungen,
Erleuchtungen durch den heiligen Geist,
Dichterqualen,
dann schon lieber
My Sweet Lord zum Schunkeln
oder die Kindertotenlieder als Reggae,
selbst Fausts Himmelfahrt bereinigt nicht alle Zweifel,
man steckt eben noch ganz schön tief drin.

Da muß schon was Handfestes, Bleibendes herhalten.
Bevor nicht das letzte Staubkorn
vom Tisch der Wüsten verschwindet,
wird gebohnert und gesäubert,
gebürstet und bereinigt,
und die Stubenmädchen reiten zum Sturm.

Trennungen.
Selbst vom Eiffelturm aus
lassen sich nur Einschnitte erkennen.
In den Büchereien
verkaufen sie dann Überblicke.
Wahlweise poetisch, wissenschaftlich
oder verständlich.

Von acht bis fünf
Bürovorsteher,
anschließend Familienvater,
später tot.
Keine Zusammenhänge.
Selbst gleichzeitig Gehen und Armeschlenkern
verursacht Kopfzerbrechen,
aber alles andere ist nun mal zu fragwürdig,
kann man sich nicht drauf einlassen,
müssen Sie verstehen,
Herr Kollege.

Homer hat sowieso nie gelebt,
Rimbaud war ein Bluffer,
Christus eine Erfindung,
Toller doch noch zuwenig proletarisch,
Fromm ist ein Plagiator,

Benn war Faschist,
Mozart Lakai der herrschenden Klasse,
gerade noch zwei Häuserwände
assoziativkreativ bepinseln,
aber dann gleich wieder zurück zur Blaskapelle,
Hauptsache, das Mundstück ist nicht schmutzig,
der Dirigent nicht besoffen
und beim Pinkeln leert sich ordentlich die Blase.

Ansonsten kriegen wir die Welt schon in den Griff.

II

Bitte keine Zwischenrufe jetzt,
ich bin sensibel.
Vielleicht sollte ich wirklich lieber mal
einen Hammer in die Hand nehmen,
die Ärmel hochkrempeln,
aber lassen Sie mir noch Zeit.
Noch gehör ich zu denen,
die ans Absolute ranwollen,
da bleibt oft nur das Ahnen,
das ist eine andere Dimension,
da wohnen die Dichter.

Ach so.
Sie wissen also mehr von der Wirklichkeit
und können mir auch sicher kurz umreißen,
welche Wirklichkeit Sie meinen?
Die des Cinquecento und der Inquisition
doch sicher nicht,
oder vielleicht doch wieder mal eine geozentrische?
Die albanische eventuell,
die manisch depressive
oder eine alkoholische
Fellachenwirklichkeit oder pax orbis et mundi,
Wüstenrot oder Jesus People –
eigentlich können Sie doch nur die Ihre meinen,
wenn Ihnen meine schon nicht so recht ist?

Muß eben immer was Bleibendes herhalten,
muß man sich festhalten können,
gerichtete Welt,
genormte Welt
(Stillgestanden! Rühren! Weiterdichten!)
und die Wirklichkeiten,
geharnischt und flammenden Schwerts
im Glorienschein der Hymnen und Manifeste
ihre Rekruten adelnd,
ziehen in den Krieg.

Zwischen den Fronten
eingeschlagene Fensterscheiben und
aufgeschlitzte Bäuche,
traurige alte Damen
mit Fotoalben auf den Knien,
gerechte Welt,
bewiesene Welt,
Hauptsache, allerorten
gesundes Volksempfinden,
dieses untrügliche Empfinden,
das Schäferhunde streicheln läßt
und Juden vergasen,
objektive Welt,
wissenschaftliche Welt
und immer gefühlsbetont,
Tränen in der Metzgerei
(sowas kann ich nun wirklich nicht mit ansehen),
wogende Brüste beim Anblick eines Säuglings,

wenn er nur richtig koloriert ist,
südafrikanische Wirklichkeit,
Sonthofener Wirklichkeit...

Und dann sitzt man doch immer wieder mal
an einem großen Tisch zusammen,
mit Freunden,
und neue sind dazugestoßen,
oder plötzlich wird man
in irgendeiner Imbißstube
von der Wärme gepackt,
Prosten, Saufen, Streiten,
man liebt und plant und hofft,
ach,
ganz egal wo,
immer wieder trifft man eben Menschen,
Menschen,
die sich einfach dauernd entwickeln,
vorleben,
keine Bedingungen ans Glück stellen,
selten schuldig sprechen
und sich nicht vertuschen.
Das kann sicher noch nicht alles sein,
aber es ist genug,
um weiterzuleben,
weiterzulachen
und weiterzudichten.

III

Aber wer,
rufen die Freien,
wer ist nicht frei
im freien Land?
Seht doch,
wie sie uns schützen
vor den Unfreien,
schwärmen die Freien,
seht doch,
wie die Regler das Land regeln,
untadelige Männer
mit Bürde und Ritterkreuz,
haben keine Vergangenheit,
haben nur *eine* Gegenwart,
leiden stets um die Zukunft,
einwandfreie Männer,
brüllen die Freien,
die auch schon mal sonntags eine Kanzel erklimmen,
um Gott näher zu sein.

Währenddessen
setzen Retuschen und Hüftschwünge
Maßstäbe,
legen z. B. Entfernungen fest:
In Saragossa wartet die Liebe,
in Colorado wohnt das Glück,

keimfreie Männer mit volksnahen Kehlen,
die können Sie Ihrer Tochter getrost übers Bett hängen,
gnädige Frau,
die wälzen nicht um,
die wühlen nicht auf,
die nehmen das Jungfernhäutchen noch ernst.

Seht nur,
wie sie Posters verteilen,
mit Blondschopf und Gattin an alle Haushalte,
seht doch,
wie sie vollkommen sind,
wie sie nicht furzen bei Tisch,
wie sie in der Oper nicht schnarchen,
Politiker, Priester, Propheten,
manchmal trifft man sie
in den Hinterzimmern feiner Bordells,
im Lederkostüm,
den Hintern ausgespart,
schluchzend und wie im Gebet,
und flehen um Strafe.

Schick eine Sintflut, Herr,
in dieser Ordnung kann sich niemand mehr gestalten.

Zwischenspiel

Schon erheben sich die Drübersteher,
deuten mit ihren glanzlosen Fingern
auf die Unvernunft
und formen ihren gemeinsamen, einsamen Mund
zu ihrem Schlachtgesang:
Lächerlich!
Lächerlich, rufen sie sich zu,
denn ihrer ist das Menschenreich,
und dann flüstern sie bestürzt:
Dialektik, mein Freund,
oder behaupten schlicht und unumstößlich:
Porsche Carrera!
Münchner Bier!
Pierre Cardin!

Manchmal,
wenn sie sehr beunruhigt sind,
vielleicht,
weil plötzlich was Lebendiges den Raum füllt,
oder einfach in ihren unvertuschbaren,
ehrlicheren Stunden,
greifen sie zu diesem
stillen Lächeln,
das den Schulmädchen so imponiert
und all denen,
die gerne unantastbar wären
und ständig fundiert.

Seht nur,
die Drübersteher
wie sie bückeln vor politischen Begriffen,
moralischen Normen,
in Discotheken ballen sie sich
(wohl des Redeverbots wegen),
und in Hegel-Seminaren,
Free-Jazz-Konzerten oder
anderen Geheimclubs,
deren Credo die Unverständlichkeit ist,
meistens aber und am liebsten
machen sie auf Einzelkämpfer,
suchen sich naive, freundliche Menschen,
die nicht daran denken,
das Lachen zu verraten,
lassen ein bißchen Unverdauliches ins Gespräch fallen
und versuchen,
teilnahmslos und männlich
und vor allem lächelnd
auf sich aufmerksam zu machen,
wo sie nicht mitreden können.

Alle, die aufgegeben haben,
wollen die Mutigen und Suchenden
erniedrigen.
Beenden z.B. Diskussionen mit Sätzen wie:
Wir treffen uns in 10 Jahren in Monte Carlo wieder!
Oder andere:

Nach der Revolution sprechen wir uns, Freundchen!
Als ob es nie Steher gegeben hätte,
die sich bis zum Schluß woanders suchen
als in Börsenberichten oder Wahrheitsdrogen.

Da hör ich schon viel lieber denen zu,
die munter drauflosplappern,
sich versteigen ins Uferlose,
auch wenn sie nicht mehr zurückfinden,
solche,
die rotbäckig werden nach einer Stunde,
denen irgendwann zwangsläufig
der Bierkonsum aus der Kontrolle gerät,
Schwärmer,
die mit dem Körper reden,
Verzückte,
Besessene,
Leidenschaftliche,
die man immer wieder aufbrechen kann,
weil sie so zerbrechlich sind,
und die dann eben auch,
wenns gar nicht mehr anders geht,
auf die Straße rennen
und den Kopf hinhalten.

IV

Nur mal so dahingefragt,
sozusagen in den luftleeren Raum hineingefragt,
Herr Nachbar,
was, glauben Sie,
hätten wir von unserem schönen Himmel,
wenns für Frau Meinhof keine Hölle gäb?
Ich meine,
was, glauben Sie,
entschuldigte unsere Enthaltsamkeit,
all die heimlichen Schweißausbrüche,
wenn sich Fräulein Ute von Stock 14
mal wieder so hemmungslos über die Akte beugt,
also jetzt mal ganz unter uns:
Können Sie wirklich auf das Böse verzichten?

Nur mal so dahingefragt, Herr Wecker,
sozusagen neben Sie hingefragt,
was hielte Sie hoch, Wecker,
wären nicht unsere Chefideologen, Päpste
und Pomadekastraten,
da müßten Sie doch mal ganz schön umdenken,
gerichtete Welt,
gewertete Welt,
muß eben immer was Bleibendes herhalten,
abspecken, Wecker, abspecken,

den Kopf unters kalte Wasser
und endlich mal wieder
ganz von vorn ofanga!

Nur keinen Spiegel jetzt,
schaffen Sie die Fotografen raus,
es ist so schwer,
der größte Dichter Deutschlands zu sein.
Darf ich Ihnen einen Blues singen?
Oder wie wärs mit einer Chopin-Etude?
Gestehen Sie mir zu,
daß ich alle Voraussetzungen erfülle,
ein bedeutender Bodybuilder zu sein?
Verpaßt.
Wenn ich ganz ehrlich bin,
können Sie mit mir nicht mal einen Bankraub machen.
Nur weil ich zu feig bin.
Was bleibt, muß mir herhalten:
Worte, Töne, Fantasien.
Bin ein Grenzgänger.
Täusche mich oft.
Aber hab eine grenzenlose Liebe zu mir.

Und das läßt mich hoffen.

V

Und bis zum Ende der Geschicke:
Tränen, Mut und Glücke.

Aufrichtigkeiten nur noch laut Katalog vorrätig,
Infantilismus ist ein Schimpfwort geworden,
und ich werde mich mit Ihnen über Christus streiten,
ob Sies wollen oder nicht,
ich hab ihn wieder lieb gekriegt,
und das ist doch nun wirklich scheißegal,
ob er vielleicht nur mal in ein Leichentuch hineinge-
träumt wurde,
an solchen Träumen wär ich gern reicher,
Paulus zum Beispiel interessiert mich im Moment
noch nicht,
und unser herzlicher, angeblich schwuler
Religionslehrer Rauber
hat mir eine Menge Heilige ersetzt.

Egal ob ich noch richtig ticke:
Tränen, Mut und Glücke.

Vielleicht ist mein penetrantes Ja zum Leben
auch schon eine Einschränkung der Freiheit,
oder ist das ein anderes Ja

als all diese wandelbaren, ungewissen –
Sprünge unter der Schädeldecke.
Abheben,
Blitze,
durchlöcherte Schleimhäute.
Meine Mutter hat ein Käppchen auf und kreischt:
Näher, mein Gott, zu Dir!
Wie war das nur in ihrem Bauch?
Hätt ich nur Gerüche davon
oder Melodien
oder wenigstens Schmerzen am Bauchnabel,
meine Mutter in Schwesterntracht
und lockt:
Näher, mein Sohn, zu mir!

Auch wenn ich nicht mehr richtig ticke:
Tränen, Mut und Glücke.

Würden Sie wirklich zurückwollen?
Kieme, Feuerrad,
Blasenkatharr eines niederen Gottes?
Der Gedanke legt mir Steine ins Blut.
Wenn man irgendwann mal sehr oben steht,
sieht man doch die Blätter
schon nicht mehr fallen,
wird das Wachsen ständig.
Wie kann ich nur fließend zum Stehen kommen,

oder im Stehen fließen!
Und Weitsicht kann so trügen,
und Einblicke lähmen so oft,
und ist ein Gramm Rätsel pro Tag
nicht schon genug?
Zuviel macht süchtig, sagt man –

Dann lassen Sie mich eben süchtig sein!
Diese Gier heißt auch Leben,
und ich will nun mal nur
bewegt bewegen.
Kann auch nicht sagen, obs immer nach vorne geht,
manche setzen sich auf Nebengleise ab,
haben für niemanden Bedeutung,
kreisen um sich,
zerplatzen,
fliegen,
aber sie fragen,
fragwürdige Welt, offene Welt, wunderbare Welt.

Da kann man doch wieder Luft holen,
da kriegt doch Mut, wer tauchen kann,
und auf ein Wort, Kollege Mensch,
gestatten Sie,
daß ich mich weiterhin verschwende.

VI

Innenschau und die Unschuld wiederfinden,
mit den Tieren sprechen und den Bäumen,
wandelbar sein, verwundbar,
und ans Weiter glauben.
Alle sind mündig,
und die Unschuld ist niemands Privileg.

Innenschau und die Liebe befreien,
ab und zu ein Goethegedicht in die Hand nehmen,
Idyllen meiden.
Ausbreiten,
mit lieben Menschen lange zu Abend essen,
wenns geht, in Italien, Herbst oder Frühjahr,
und sich einfach mal öfters anlangen.

Innenschau und Exhibitionismus,
durchs Land ziehen, aufpassen, wiedergeben,
mehr weiß ich im Moment nicht zu tun.
Hoff auf erweiterte Ausdrucksformen,
wünsch meinen Eltern ein endlos langes Leben,
versuch meinen Schwanz endlich an mich zu gewöhnen,
find trotzdem nach wie vor sehr junge Mädchen sehr erregend,

bedank mich bei meinen Lieben fürs Mitmachen,
hab furchtbare Angst vorm Sterben
und will später unbedingt mal ein Engel werden.
Parteibuch hab ich keins,
und ab und zu im Winter
leg ich mich auf die Sonnenbank,
aus lauter Eitelkeit.

Elegie für Pasolini

I

Auch wenn sie dich jetzt auf ihre Fahnen malen
und mit diesem heiligen Eifer und Zorn
die Mörder jagen –
was nützt das deinem eingeschlagenen Schädel,
Paolo Pasolini?
Du warst für sie immer eine schwule Sau,
dekadent und pervers,
ein Träumer,
den Rechten zuviel Kommunist
und deiner Partei zuviel Mensch.

Du hast Genossen gesucht,
und sie haben dir dafür,
dein Parteibuch zurückgegeben.
»Trotzdem bleibe ich jetzt und immer Kommunist«,
hast du geantwortet,
und kurz vor deinem Tod:
»Der Tod besteht nicht darin,
daß man sich nicht mehr mitteilen,
sondern daß man nicht mehr verstanden
werden kann.«

II

Chor:
Denn wer den Zweifel liebt
hat schon verloren,
es kann nicht gut sein,
wenn man abweicht von der Norm.
Nur wer ein Glatzkopf ist
bleibt ungeschoren,
und nur wer mitmarschiert,
marschiert nach vorn!

III

Glaub mir, Paolo Pasolini,
sieben Jahre nach deinem Tod
hat sich nicht viel verändert.
Die Veilchen blühen im Frühling
nach dem gleichen Prinzip,
und all die schönen,
begehrenswerten Knaben
schlagen nach wie vor
ihren Freiern
die Nasen ein.
Die Faschisten haben dieselben
Orgasmusprobleme
und warten mit geblähten Samensträngen
auf die Endlösung.
Vom ägyptischen Weihrauchhandel
bis zum konzertierten Börsenbetrug
ists ein Atemzug,
und die babylonischen Bankiers
haben ihre Geschäfte
in die oberen Etagen der Ölgesellschaften
verlegt.
Wir bauen immer noch fleißig ihre Pyramiden,
nur,
wo sollen die später mal graben?
Hiroshima ist nur ein Vorort von Jericho –

aber ganz wird der große Endknall
eines gewissen ästhetischen Reizes
nicht entbehren:
Eine malerische Wolke Gift
senkt sich auf die Menschheit
und bettet sie in den Tod.
Heloten und Spartacus,
ein paar Demonstranten mit Stehvermögen
und blutigen Köpfen,
die Mutigen sind nicht mehr geworden,
ach,
manchmal glaube ich,
es kommen immer wieder dieselben
auf die Welt.

Und dazwischen
die traurigen Genies, die Wahnsinnigen,
die Irrationalisten, die Verstoßenen,
dieser viel zu zärtliche Ansturm gegen Profitgier
und die Prügelfaust der Wahrheiten,
kaum Veränderungen,
kaum Entwicklung,
manchmal ein Anflug von Liebe
unter den Eismeeren,
Berührungen vielleicht,
Worte und Zeichen –
mich jedenfalls kann die Weltgeschichte am Arsch
lecken.

Vielleicht mein Freund Markus
und meine Geliebte Carline
und nebenan die Wiesenbrechts
und eines ihrer Kinder,
das gebrechlichste vermutlich,
die werden mutiger werden
und für sich eintreten,
aber ist das genug?

IV

Chor:
Denn wer den Zweifel liebt
hat schon verloren,
es kann nicht gut sein,
wenn man abweicht von der Norm.
Nur wer ein Glatzkopf ist
bleibt ungeschoren,
und nur wer mitmarschiert,
marschiert nach vorn!

V

Du überblickst jedenfalls
jetzt alles viel besser,
und ich glaube,
du kommst mit den Toten eher zurecht.
Totsein macht großmütig,
und richtig einig mit sich
wird man eben erst im nachhinein.
Hilf mir doch ein bißchen,
reiß mir einen Augenblick den Himmel auf.

Es kann so schön sein,
an Flüssen zu sitzen,
die Beine baumeln zu lassen,
und ich stelle mir Wälder vor
und kräftige Menschen,
die so tief Luft holen,
daß ihnen schwindlig wird,
und zwischenrein:
Polizeiknüppel und Aufmärsche,
Beine und Busen,
aufgewogen und als Geschenkpaket
verschnürt,
wo soll man noch Atem holen,
wo soll man noch lieben,

haben dir deine Mörder nie ins Gesicht gesehen,
warum ist ihnen die Hand nicht verdorrt,
ich wäre doch so zärtlich gewesen zu dir,
Paolo Pasolini.

Natürlich,
sie müssen ihre Welt ja immer mit Fahnen erobern,
aber ich will von keiner Fahne abbeißen,
es heißt,
daß dieses Tuch bitter schmecke.
Sie wollten schon lange deinen Kopf,
Jochanaan,
denn wer läßt sich schon gern das Bettuch wegziehen,
wenns draußen kälter wird?

Wachstum, Pasolini,
und die Wärme der Fernsehsessel!
Frigide Frauen und mörderische Schwänze!
Lustvolle Menschen kann man nicht besitzen,
nur was sie veräußern können,
auf was sie treten können,
das nennen sie Liebe.

»Laßt uns umkehren.
Es lebe die Armut.
Es lebe der kommunistische Kampf
für die lebensnotwendigen Dinge.«

VI

Chor:
Denn wer den Zweifel liebt
hat schon verloren,
es kann nicht gut sein,
wenn man abweicht von der Norm.
Nur wer ein Glatzkopf ist
bleibt ungeschoren,
und nur wer mitmarschiert,
marschiert nach vorn!

VII

Nein!
Nein!
Natürlich werde ich nicht aufgeben.
Will die Zeit noch nützen.
Wer weiß, wanns Schluß ist.

Es gibt Menschen,
denen läuft plötzlich das Gehirn aus.
Das dauert ein paar Monate.
Erst können sie sich nicht mehr konzentrieren,
dann vergessen sie, wo der Lichtschalter ist.
Und in ihren kurzen wachen Momenten
weinen sie hemmungslos.

Aber Gedanken können nicht einfach wegfließen.
Auch du hast die Erde getränkt,
und soviel Land
können nicht mal deine Mörder umpflügen,
um zu verhindern,
daß da was wächst.

Nicht für die Welt,
nicht für Gott,
nicht für das Paradies,
und nicht für die Menschheit,

vielleicht nur für eine Handvoll Träumer,
keine Illusionisten,
keine Fantasten,
sondern einfache Menschen,
die plötzlich jetzt und heute sagen,
sich auf die Straße stellen
und schlicht behaupten:

Mit mir nicht, meine Herren.

Inhalt